Mordidas por dentro

Bruno Lima Penido

Mordidas por dentro

poemas em prosa
para corações
dilacerados

instante

© 2018 Editora Instante
© 2018 Bruno Lima Penido

Direção Editorial: **Silvio Testa**

Coordenação Editorial: **Carla Fortino**
Revisão: **Saphyra Editorial**
Capa e Projeto Gráfico: **Fabiana Yoshikawa**
Ilustrações: **Joice Trujillo**

1ª Edição: 2018 | 1ª Reimpressão: 2019

Dados Internacionais de Catalogação na Publicação (CIP)
(Laura Emilia da Silva Siqueira CRB 8-8127)

Penido, Bruno Lima.
　　Mordidas por dentro: poemas em prosa para
　　corações dilacerados / Bruno Lima Penido ;
　　ilustrações de Joice Trujillo. 1ª ed. São Paulo:
　　Editora Instante : 2018.

　　ISBN 978-85-52994-01-5

　　1. Literatura brasileira 2. Literatura brasileira:
　　poema em prosa
　　I. Penido, Bruno Lima. II. Trujillo, Joice.

CDU 821.134.3(81)　　　　　　　CDD 869.93

Índices para catálogo sistemático:
1.　Literatura brasileira
2.　Literatura brasileira : poema em prosa
　　869.93

Atualização de ortografia conforme o Acordo Ortográfico
da Língua Portuguesa de 1990, em vigor no Brasil
a partir de 2009.

www.editorainstante.com.br
facebook.com/editorainstante
instagram.com/editorainstante

Mordidas por dentro: poemas em prosa para corações
dilacerados é uma publicação da Editora Instante.

Este livro foi composto com as fontes Brunel Poster,
Master Works e Prelo Slab e impresso sobre papel
Pólen Bold 90g/m^2 na gráfica Corprint.

Para Violeta e Dora, minhas avós,
que me inspiraram a amar as letras.

Para todos aqueles que
se encontrarem neste livro.

Prefácio

Um dos últimos refúgios da delicadeza – é isso que a poesia em forma de prosa de Bruno Lima Penido é.

Contra a feiura institucionalizada que nos cerca, qualquer página deste livro é um bálsamo, um alívio, um respiro. Aliás, "se eu pudesse, respirava por ti", Bruno diz, entre tantas outras generosidades, provas de amor quase tresloucadas e um talento que parece não ter limites para construir imagens com palavras.

Porque domina as finezas da ironia, o lirismo de Bruno nunca fica vulgar. Há sempre um contraponto, um desarme, uma surpresa no final – ou no começo. O texto de Bruno passa longe do que é óbvio. Se convida a harmonia para morar em sua casa, e promete tratá-la a pão de ló, como diriam nossas avós, é para que ela veja que *cada coisa imperfeita está em seu devido lugar*.

Qualquer semelhança com a vida não é mera poesia.

Muito da sabedoria pop de Bruno vem de seu trabalho como autor de novelas. É preciso ter intimidade com o que é humano para criar gente na ficção. O jeito é não ter medo dos sentimentos, de ir para o lugar do outro e, ainda mais que isso, gostar do outro.

Garanto que não te conheço, mas curiosamente reconheço.

As instruções para ler *Mordidas por dentro* estão no início. Pode-se escolher a maneira cartesiana ou então abrir em qualquer parte, em qualquer frase, como se fosse um livro de preces ou de profecias, desses em que se busca a cura para a alma. Aqui, a ideia é colar os pedaços do coração. E se o leitor não tiver coração, certamente não se interessará por estas páginas.

Sorte que esse não é o seu caso.

Claudia Tajes

para ler o livro

Você é livre para escolher o que fazer com este livro (inclusive nada), assim como é livre para encontrar o seu jeito de lidar com o que sente. "À sua maneira", tomando a liberdade de relembrar Cortázar, "este livro é muitos livros".

Quem quiser uma **lógica** que o **oriente** pode partir do começo e seguir a leitura de forma corrente. Quem se apega à **sorte** como ferramenta pode abrir uma página aleatória e surpreender-se com o que o **destino** lhe apresenta. Com estes 73 fragmentos de história, você também pode traçar a sua própria **trajetória**.

É só consultar o índice, organizado pelas **emoções** em letra cursiva nas páginas dos poemas, e mergulhar na que lhe pareça mais certa. Ninguém melhor que você sabe onde o seu calo aperta.

O autor

Cada sentimento é uma mordida que nos devora por dentro. Na intensidade do nosso tempo, sempre pouco, a ansiedade nos consome aos poucos. No desespero dos maus bocados, nossos sonhos são abocanhados. A angústia e a melancolia nos parasitam, mas a paixão e o desejo também nos engolem.

A culpa arranca pedaço, o medo nos estraçalha e a solidão nos revira do avesso, mas a saudade também tortura e tritura. A esperança, que luta para não ser desilusão, e a harmonia, que escapa do flerte do tédio, também cobram a sua fatia. E quem é que disse que a alegria também não nos suga energia? O ciúme, traiçoeiro, crava seus dentes na mão que o acarinha, mas até o amor verdadeiro – o mais nobre sentimento – definha, se não recebe alimento.

Se não deciframos nossos sentimentos, somos devorados por eles. Se não reagimos, terminamos ocos, carcomidos pelas dores que criamos em nós mesmos. É necessário mastigar cada emoção para saber o gosto, ainda que seja o do desgosto. A tristeza, de que fugimos tanto, precisa ser tão degustada como as safras de felicidade. Até porque o choro engolido e não chorado é corrosivo, escorre por dentro em lágrimas gástricas, como bílis da íris. Mas isso vale também para outros sentimentos, que muitas vezes nos surpreendem ao comer pelas beiradas. O preço da liberdade, tão almejada, pode ser um amargo na boca. O amor excessivamente doce pode ser enjoativo como se empanturrar de uvas, mas saborear a própria raiva pode ser muito melhor que chocolate.

Todo mundo precisa de tempo para digerir o sofrimento, mas é possível terminar satisfeito, sem aperto nem vazio no peito. É só não fugir da briga e ter tanta fome de vida a ponto de fazer roncar a barriga.

Bom apetite!

Coincidência predestinada

Tudo faz sentido quando estou no seu abraço. Sinto que cheguei, que é aqui. Quando te beijo, bate uma brisa de carinho no rosto, um ventinho de leveza interior. Parece que foi tudo programado para ser assim, e, ao mesmo tempo, tudo surpreende por ser sempre inusitado. É um destino inesperado, que estava escrito e previsto, mas que oferece múltiplas e deliciosas surpresas porque pode ser interpretado das mais variadas formas, como um acaso de cartas marcadas, como uma coincidência predestinada.

Nesse sentido (e nesse sentimento), sinto que me encontrou e me ocupou quem de direito, mas ainda assim me sinto livre, porque sou eu quem decido pertencer, sou eu quem prefiro me dar e me entregar por inteiro. É uma escolha precisa e necessária, ainda que o amor não permita alternativa que não seja vivê-lo intensamente. É um arbítrio sem encruzilhada, na certeza de que o caminho é só este, porque era para ser e porque desejo ardentemente que seja.

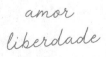

amor
liberdade

Cápsulas de amor comprimido

Respira fundo, meu amor. Descansa. Esquece um pouco o que te sufoca. Dorme seu sono de cânfora, entre sonhos de mentol e roncos de eucalipto. Eu te abraço forte, te faço massagem no peito. Se eu pudesse, respirava por ti. Mas não posso. O que eu posso é fazer respiração boca a boca, dividir meu oxigênio contigo, te dar o meu sopro, ficar o máximo de tempo possível sem respirar pra que sobre mais um pouquinho de ar pra você pra encher os pulmões com o mínimo de esforço necessário pra não continuar assim a noite inteira nesse desespero ofegante... e então se acalmar, poder sentir o ar entrando, e depois saindo de novo do corpo, sem nenhum atropelo.

Eu posso transformar o meu amor em inspiração. E te dizer palavras doces e leves que sejam absorvidas pelos seus ouvidos como suspiros de carinho e se instalem, talvez, nos seus brônquios,

amor
desprendimento

nos seus alvéolos, formando uma camada poética de defesa contra as vilanias da asma. Se você inalasse de uma só vez todo o encantamento que provoca em mim, quem sabe o meu amor nebulizado (feito em nuvem) não pudesse abrir suas vias respiratórias e te trazer alívio.

Quem sabe assim o meu amor-vapor não chegasse sorrateiro aos seus pulmões e também ao seu coração para ali se condensar e fazer parte de ti, pra ser ele mesmo o seu ar e o calor do seu peito. Assim, sempre que preciso fosse, o amor comprimido ali instalado forneceria doses extras de oxigênio, garantindo sua respiração em uma enorme bolha protetora. Seria um escafandro apaixonado, capaz de embalar seu sono e de renovar seu fôlego para receber ainda mais carinhos e ainda mais inspirações, numa eterna cadência de mimos.

Tudo envolve um envelope. De súbito, ele vem parar nas suas mãos. A letra redondinha entrega o remetente: o Amor. A mensagem inesperada tem linhas confusas e vem num papel de carta com perfume doce, desses que fácil, fácil embrulham o estômago. Mas dentro da folha dobrada, olha que surpresa, que engenhosidade, a gente encontra um cachinho! É, de

Disfarce

cabelo. E aí, babau, a gente se encanta por aquele cachinho, e não vê piolho, e não vê caspa, e não vê oleosidade. Fica fascinado pelas voltinhas daquela mecha de cabelo e, olha só, que gracinha, parece até uma mola, um macarrão parafuso. A gente acha aquilo a coisinha mais linda do mundo e dá de ombros se alguém disser que é ridículo. Portanto quem não quiser se enrolar que tenha cuidado. Atenção, está feito o alerta, depois não tem volta. Tudo começa com um envelope que te envolve. É uma espiral sem limites. Por isso é que ninguém mais quer receber cartas hoje em dia. É que pode ser ele, o Amor. Disfarçado de cachinho.

amor
encantamento

harmonia

Cada coisa imperfeita em seu devido lugar

Fiz um trato com a harmonia e, a partir de hoje, ela me visita todo dia. Vai ter chá em louça de primeira, biscoitinhos amanteigados e uma variedade enorme de delícias e doçuras. Darei a ela tratamento VIP. Será tudo em grande estilo, para que ela se sinta em casa e volte sempre! Depois, vou seduzi-la pelo fino trato, pela boca e pelo estômago, para que, por fim, queira ficar de vez.

Alimento o desejo secreto de que ela more comigo e que decida fazê-lo por seu próprio arbítrio, sem se importar com o estofado puído ou com a pintura gasta. Vou enchê-la de carinhos diários para que não se incomode com a falta de um bom ar-condicionado nem com o barulho insistente que teima em vir da rua. Farei suaves massagens em seus pés e em seu ego para que não se dê conta de que aqui, no meu espaço, de fato não tem espaço pra nada.

Farei o impossível para que ela veja que encontrou um lar, ainda que lhe falte todo o resto. Tudo isso para que ela permaneça e harmonize nossa casa e nossa vida com o sorriso calmo de quem tem a mais absoluta certeza de que, seja pelos códigos do amor ou pelos do direito, cada coisa imperfeita está em seu devido lugar.

desejo
medo

Onde é que mora o tempo?

O tempo mora no relógio. É lá que podemos encontrá-lo quando precisamos dele. Basta tocar a campainha e entrar. Não existe risco de dar com a cara na porta: ele nunca sai para dar uma volta, não se ausenta nem por alguns minutinhos.

Não há desculpa, portanto, para não encontrar o tempo pra fazer qualquer coisa que a gente deseja. Ele está sempre em casa, esperando para ser visitado e aguardando o nosso convite. É a gente que corre atrás do tempo pra ir tratar de determinadas questões, mas prefere não ir incomodar quando os assuntos são outros. É a gente quem decide, todo dia, se tudo se adianta ou se adia.

Quando algo fica sempre pra depois, a gente insiste em botar a culpa no tempo. Mas basta tirar um tempo para investigar direito pra perceber que é a gente que está com medo da vida, ou então que, na verdade, a gente não quer tanto aquilo que diz que tanto quer.

O tempo tem todo o tempo do mundo! É a gente que vive sempre esperando um motivo melhor pra ir visitar o tempo.

Movimento

A felicidade é um movimento. É um sopro, é um vento. Não porque efêmera ou breve, mas porque não existe como estado, mas apenas como ação, como deslocamento.

Eu sou feliz o tempo todo. Mesmo quando triste. Felicidade não tem nada a ver com alegria. Tristeza e alegria são estados; a felicidade é um movimento! Ser feliz é caminhar, passo a passo, para mais perto de si mesmo, e esse caminho envolve também desventuras.

A busca – ela própria – já é o encontro. O caminho para a felicidade, portanto, é o ponto de partida e, ao mesmo tempo, a linha de chegada. Quem persegue um sonho, qualquer que seja, pode ainda não ter percebido, mas já tem tudo de que precisa para ser feliz.

alegria
felicidade
tristeza

Microscópio

Meu conceito de paz é entrópico, é termodinâmico, é equilíbrio em movimento. Tranquilidade é estar com a cabeça pra fora da janela do carro, com os cabelos ao vento, sentindo no rosto o infinito mais efêmero, o instantâneo mais intenso.

A vida é feita de microscópicas infinitudes e de intensidades moleculares. É um grande organismo cujas células estão programadas para não se contentar com pouco, para gostar do novo e do todo, mas também para enxergar a beleza de cada detalhe, a ínfima partícula de felicidade que reside (e pulsa) em cada instante.

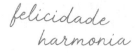

amor
empatia

Encontro

Garanto que não te conheço, mas curiosamente **reconheço**. Parece que entendo, mesmo sem saber, mesmo sem conhecer.
É quase sem perceber que permaneço, que habito, que transito num **universo** que desconheço, mas que ainda assim é meu, porque seu, porque nosso, porque posso, porque quero, porque **integro**, porque faz parte de mim, ainda que não seja, enfim.

O segredo do amor eterno

Se você tem problemas sentimentais, alegre-se. Você faz parte da fatia privilegiada da população que tem um amor. Só quem tem um amor de verdade pode padecer de problemas relacionados a ele.

Fazer o amor dar certo já é outro departamento; é sempre um desafio. Talvez seja essa uma das grandes questões da humanidade (ou ao menos daqueles que se unem para adquirir problemas sentimentais, e não somente para eliminar problemas bancários).

Pois aqui vai uma tentativa de resposta: mimos. Suspeito que sejam eles o segredo do amor eterno. Há que se mimar bastante o outro, o tempo todo, em tudo aquilo que for possível – ou seja, em tudo aquilo que, ao mesmo tempo, também te alegre e não te aborreça.

Você deve pensar primeiro nas vontades do outro, enquanto o outro se concentra nas suas vontades. É obrigatória a mão dupla. Assim, não fica ninguém sem amor, nem vontade sem pensamento.

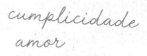

Para sempre é hoje

Com você eu quero tudo. Aqui e lá. Agora e sempre. Vamos ficar assim juntinhos para sempre? Vamos. Então começa me dando um abraço bem apertado e cuidando de cada momento. Para sempre é hoje. Cada segundo é um infinito instante. A eternidade é esse aninhamento, é o beijo estalado, é a estrela fugaz. Vamos somando eternidades enquanto formos capazes de nos fazer bem e enquanto o tempo puder passar assim gostoso, sem que a gente tome conhecimento.

Para sempre é um baile em que os ponteiros dançam alegres, rodopiam pulsantes, mas ninguém dá a menor bola para as horas, que passam a noite ignoradas num canto do salão. Para sempre é apenas o tempo que não se contabiliza, é o minuto compartilhado que tem sessenta certezas de que não foi desperdiçado simplesmente por ter sido gasto na companhia do outro. O agora é toda a eternidade de que necessitamos, é o presente que faz parar o tempo porque quantificá-lo já não é preciso, nem possível, nem prudente.

Eterno é o tempo contado em histórias de vida, e não em unidades matemáticas. Pense em relógios falantes e contadores de causos! Essas seriam as legítimas engrenagens para pontuar o tempo. Marcariam intensidades e felicidades desmedidas, apontariam os encontros de alma e despertariam a urgência do amor em badaladas de contentamento. E se eu te disser que essas maquininhas já existem? Sim, já foram inventadas, e cada um de nós esconde uma delas no peito. Não é difícil escutá-las, seu tique-taque é inconfundível. Enquanto essa palpitação existir, é sinal de que ainda há tempo para viver eternidades.

amor

esperança

O maior dos meus luxos

A solidão me é suficiente, mas o amor é um mimo que me alegra de tal maneira que quase o confundo com um gênero de primeiríssima necessidade. O amor é o maior dos meus luxos, uma estripulia que cartão de crédito não paga, um rombo que cheque especial não cobre, porque o eventual estrago é no peito. Precisar não preciso, mas como é gostoso investir nisso! Sinto que devo a mim mesmo essa aventura, é uma questão de puro merecimento. É nela que aplico meu bem mais precioso: meu tempo. Por mais que eu perca tudo e que não haja dividendos, a emoção vale o risco. Em vez de resistir, eu me rendo. A intensidade é todo o lucro de que necessito.

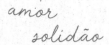

medo
melancolia
solidão

Perdoe a desfeita

A melancolia me põe no colo e me embala, mas eu passo a perna nessa vadia, não me **amolo** em enganá-la. Eu me aproveito dela enquanto me vale, enquanto me **deleita**, mas, antes que fale ou levante suspeita, digo logo vai-te embora, me perdoa a desfeita. Qualquer **solidão** é melhor que conviver com essa sujeita! Tranco bem a minha porta: meus pensamentos me abraçam, meus **medos** me acariciam, e meu silêncio me conforta.

Tolices

No seu colo,

me colo,

me calo,

me ralo,

me rolo,

me enrolo,

me embolo,

me embalo,

me abalo,

me entalo.

dependência
desejo
paixão

amor
cumplicidade
encantamento

Toddynho

Aprendemos com o Pequeno Príncipe que cada um que passa em nossa vida leva um pouco de nós e deixa um pouco de si mesmo. Tá certo, é lindo ficar com uma parte de cada um que passou, mas por que cargas d'água as pessoas simplesmente passam?

Isso não depende só de amor sincero ou de encantamento, mas também de uma escolha de verdade. Melhor do que dizer que cada pessoa que passa deixa uma parte de si é poder se orgulhar de uma decisão afirmativa: "Esta pessoa eu escolhi para não passar! Esta pessoa eu escolhi pra sorver por inteiro, pra aproveitar até o fim".

O problema é que a gente apanha um bocado até descobrir isso – que se trata, sim, de uma escolha! Infelizmente, o amor não é como Toddynho: não vem com instruções nem com canudinho a tiracolo.

Tragédias tropicais

Avalanches avassaladoras.

Terremotos terríveis.

Vulcões vorazes.

Erupções estúpidas.

Temporais tremendos.

Desabamentos destruidores.

Erosões espantosas.

Ventanias violentas.

Inundações intimidantes.

Furacões ferozes.

Maremotos mortíferos.

Deslizamentos descomunais.

Tornados tenebrosos.

Explosões extraordinárias.

Incêndios inenarráveis.

Vendavais vertiginosos.

Tempestades tsunâmicas.

Hecatombes hediondas.

E nada supera o que acontece dentro do peito.

desespero
paixão

alívio

O poço

Tem hora em que chorar é bom. É terapêutico. É tanta coisa para lidar ao mesmo tempo que uma lágrima ajuda a botar pra fora o que a gente ainda não sabe como transformar em palavra.

Não significa tristeza, nem depressão, nem covardia. É um sentimento que se precipita, um chuvisco que alivia o calor e que evita o sufocamento. É uma gotinha que se derrama pelo rosto, arrastando o aperto, transbordando o poço que guardamos no peito.

ansiedade

Sem fundo

Eu quero um poço sem fundo onde caiba o **mundo** para nele eu me enfiar por inteiro e ignorar a rima. Mas temo que um **poço** que guarde o mundo ainda assim não comporte a minha cabeça: o volume do que **penso**, o peso do que sinto e a grandeza do que sonho.

Atravesse

O amor é uma obra de engenharia. Você **constrói** uma ponte. Mas ela só faz sentido se quem está do outro lado **confiar** nos seus cálculos e se permitir atravessá-la. Você não pode fazer nada além de construir uma **ponte** e esperar que ela seja usada.

amor
paciência

inadequação
liberdade

Revezamento

Eu me transformo em camaleão e nem eu mesmo me reconheço. Minha pele descama, mudo de ideia, assumo outras cores. Eu nunca sou quem eu encontro no espelho. A cada dia me revelo distinto. É uma grande corrida de revezamento em que cada um dos atletas entra na prova para viver um pedacinho de vida.

De manhã, saio correndo com o bastão para entregá-lo no fim do dia ao próximo desconhecido da fila, a quem caberá a tarefa de correr no dia seguinte. Há sempre uma nova versão de mim mesmo ali a postos para entrar na pista. E é só durante a corrida que vou descobrindo quem foi que me tornei naquele dia.

Espelho meu

Que ninguém meta o bedelho na imagem **distorcida** que faço do espelho. Eu o tenho em baixíssimo conceito e me irrito por ele ser tão imperfeito a ponto de não revelar a **feiura** de dentro. Ele garante que pra enxergar a **verdade** basta mirar diretamente no centro. Tento, tento e não vejo nada, eis que escuto sua **maléfica** risada, zombando da minha ingenuidade. O espelho insiste que me **compreende** por inteiro e que eu só não enxergo porque tenho **medo**. Até que chegue o instante derradeiro, ficará com ele a integridade do **segredo**.

ansiedade
inadequação
medo

angústia
culpa
desespero
inadequação

Acerto de contas

Meio que me olho e parece que sou outro. Meio que me olho e parece que foi ontem. Entre a metade do outro e a metade do ontem, eu me encontro e me encolho, apertado entre o que já não sei mais de mim e aquilo que ainda estou por descobrir. Parece que fiquei pelo caminho, me deixei escorrer por entre os dedos e nem percebi. Eu me perdi em algum ponto sombrio de mim – e nunca mais que me acho. Eu, agora, não me encaixo, eu não caibo mais em mim.

Acho que demorei a dar falta, mas tive um pouco da alma roubada! E não adianta ir à polícia, buscar a Justiça, me queixar com o padre. O ladrão sou eu, que me furtei um sentimento, me privei de uma revelação e ainda ocultei as provas do meu próprio desespero. Se um dia eu for preso, me restará apenas um acerto de contas com o espelho pelo crime hediondo do sequestro de mim mesmo.

ansiedade

Recordação

Uma lembrança doce decidiu ficar para sempre de mãos dadas com o tempo para garantir que jamais seria esquecida. Ela insistia e repetia que tem encontro que até vale um poema, mas que tem um certo tipo de beijo que se encaixa em qualquer poesia. A danada da lembrança, agarrada às enrugadas mãos do tempo, desfiava todos os seus argumentos no auge da sua teimosia.

    Era uma lembrança alpinista, queria ser mais; não se contentava em ser reminiscência, queria ser memória!

Seu desejo obsessivo era ser permanente, era ser definitiva, era entrar pra História. Julgava – erroneamente – que, com esse estratagema, conseguiria deixar o tempo sem nenhuma escapatória. No fundo, estava ali tão cega que não se via como problema, não percebia sua inconveniência própria.

Mas que chateação, dizia o tempo, que demanda mais insistente! Quem diabos pensa que é essa lembrança pra me afrontar dessa maneira? É o tempo quem decide o que fica na cabeceira e o que se dissolve na espuma do esquecimento. É o tempo quem pega cada acontecimento que não vale a pena e guarda num canto, numa caixa pequena. E que ninguém se espante, é oito ou oitenta: a medida da caixa é indiretamente proporcional à importância que a lembrança se dá. É por isso que quanto mais a gente tenta se esquecer de alguma coisa, mais a gente se lembra! E basta se esforçar pra se lembrar direito, que aí é que não tem jeito, o momento se perde entre um neurônio e outro, no labirinto da massa cinzenta.

A obstinação da lembrança de, por fim, se fazer recordação foi o que determinou que, como um grão de areia, ela escorresse do tempo pela mão; destinada a vagar pela mente como pensamento vago e a se perpetuar como ideia passageira, dessas que passam longe do coração. Esquecida de sua doçura e entregue ao tempo em sua crueza, a lembrança que se queria saudade se converteu em pura tristeza, condenada por toda a eternidade ao tamanho de uma miudeza.

desejo
liberdade

Ladeiras
"Tenho apenas duas mãos e o sentimento do mundo!"

Gritei e corri, levando sem pagar o pacote da livraria. Lá dentro, o livro de Drummond. E o vendedor saltou o balcão e veio atrás de mim para cobrar o que era devido. "Ele vai me pegar", pensei.

Que mais eu tinha para fazer, senão correr desesperado? Nadinha.

E foi o que fiz: corri, desesperado, mas consciente. Dobrei a esquina e subi uma ladeira comprida, depois mais outra e uma maior... até o vendedor perder o fôlego e desistir, dando-se conta de que um livro não valia assim tantas ladeiras.

Para mim, ao contrário, aquele livro valia todas as ladeiras da cidade, todas as ladeiras de Minas, todas as ladeiras do mundo. Foi por isso que, mesmo depois de o vendedor ter desistido, eu continuei subindo, escalando ladeiras e me sentindo cada vez mais livre.

Nada

Primeiro, eu tento explicar com palavras a estranheza do que sinto. É como perder sem ter possuído. É como morrer de saudade sem nem sequer ter conhecido. É como regressar sem algum dia ter partido. É como relembrar sem antes ter esquecido. É como sofrer sem nunca ter sentido. É um coração que incha, abarrotado de vazio.

Depois, eu tento ser mais didático, pego a tesoura e me faço papel. Me rasgo em mil pedaços para então colar de novo. Picotado e repicado, espero a sorte de ser reciclado em cada recorte de mim.

Por fim, recorro ao espelho. Me observo longamente; percebo que nada vejo. No remelexo do meu reflexo, mesmo perplexo, não me queixo. Acho um nexo inexorável entre o complexo e o desleixo. Mexo e remexo desconexo, escondo meu corpo sem eixo. Circunflexo, em paradoxo, entre os extremos me deixo.

dúvida

inadequação

angústia
mágoa

Um baú de tolices

Coleciono tolices. São detritos abafados, desventuras reunidas. Guardo tudo num baú gigante, repleto de miudezas e mesquinharias. Quando abro, vem logo aquele cheiro forte de mofo. Reviro os desvarios, os descaminhos, os meus medos descabidos. Depois, fecho a tampa, passo a chave, tranco tudo. Mas não resisto. A fechadura emperra, eu forço um pouquinho, e ela abre de novo. Aí escondo mais um desatino, apavorado, esbaforido, como se escapasse do flagrante, mas não do próprio delito. E o arquivo vai se inchando, se amontoando, ocupando até as frestas da madeira envelhecida. E ninguém sabe – ninguém além de mim – que esses tantos segredos estão prestes a escapulir. Se houver um destempero, um movimento mais brusco ou uma ligeira mudança climática, pode ir tudo pelos ares. Tenho pavor que isso aconteça. Mas isso, claro, é só mais uma tolice para encher o baú.

O giro e o embalo do rodopio

Tormentas servem para fazer a **viagem** mais divertida. Dá um pouco de medo e de frio na barriga, mas esse **balanço** coloca a cabeça no lugar. Triste é quem nunca se sacode, quem nunca leva a pior, quem nunca corre riscos porque nunca se entrega.

Viver sem **intensidade** não é viver. Viver é chacoalhar, é tremer, é aceitar o giro e aproveitar o **embalo** do rodopio.

liberdade
medo
tristeza

ansiedade
liberdade

Segredinho

Desejo explorar a delícia do não dito.
O mistério do que não é explícito.
Busco o que não está nem nas
linhas nem nas **entrelinhas**,
muito além do subentendido. É o
falso vazio preenchido, ora com
isto, ora com aquilo. O melhor é o
que nunca foi escrito. O **segredo**
latente, que nunca foi visto,
nunca foi ouvido, mas que espera,
ansiosamente, por ser descoberto
em seu **incógnito** sentido.

Um beijo que apagou o passado

Ela o beijou. E, com ele, beijou o passado. E a desilusão, e as noites sem sono, e a dor de cotovelo, e o seu desespero por não enxergar futuro naquilo que já tinha sido. Ele encarnou os encantos de ex-namorado, a pegada certeira de quem já conhece. Explorou os pontos fracos, fez tudo do jeito que ela gostava. Mas percebeu outro gosto, outro cheiro, um novo tempero que antes não havia.

desespero
desilusão
mágoa
saudade

Ela ainda gostava dos mesmos carinhos, mas era outra pessoa. Era outra encarnação de si mesma, de regresso a uma vida passada, em que beijava o ex-namorado e temia pelo que estava por vir.

Ele se excitou porque possuía outra. Ela também se excitou, mas pelo motivo oposto, porque sentia saudades do mesmo. E ele era exatamente o mesmo.

O tempo só havia passado para ela; ele era o próprio passado, a recordação, o registro de um amor de que somente os dois se lembravam, mas que ela queria esquecer com toda a força da alma. E só porque queria esquecer, é claro, lembrava. Recordava-se de tudo, de cada detalhe, e a cada tentativa de exercitar o esquecimento as informações se revigoravam numa cambalhota e ressurgiam como memória. Assim, quanto mais desejava esquecer, mais ainda lembrava, como se o desejo de apagar o passado fosse ele mesmo a chama que ressuscitava e eternizava a lembrança.

Com esse novo antigo beijo, ela pretendia confundir a memória, corromper o sentido de antes e burlar a rigidez do tempo. O beijo era uma trapaça para reviver a emoção e começar a esquecer no momento exato em que lembrasse. Era um salto para iniciar a pirueta inversa e apagar o passado quando ele se fizesse presente.

saudade

Partir

Partir é também partir-se em incontáveis pedacinhos e se deixar ir, ficando pelo caminho feito farelo de pão.

Pode ser que passe um passarinho e festeje o seu bocado, apagando sem muito cuidado o rastro de quem partiu. Mas pode ser também que cada pontinha esfarelada se junte a uma casquinha partida e forme uma estrada marcada das migalhas de quem se despediu.

E aí, talvez, o homem desintegrado possa ser o mesmo esfomeado que retorna a cada mordida – no pensamento e no coração – para reencontrar, na curva da vida, os fragmentos de seu chão.

Decisão

Basta! Se todo o amor que eu te dei não basta, me resta pensar que o amor é uma bosta ou que você é uma besta. E algo me diz que o amor é lindo e vasto.

    Você fica aí me olhando com essa cara de susto. Será que algum dia você vai ser capaz de me entender? Eu me entrego por inteiro, mas não entrego os pontos! A questão é esta, eu tenho este defeito: eu não desisto de acreditar. E não é você nem ninguém que vai tirar isso de mim. E o motivo é simples: eu não quero desistir de acreditar.

    Olha só, eu compreendo que, pra você, tudo isso possa ser mesmo uma grande surpresa ou até parecer piada ou anedota. Quer dizer que, de repente, a vida resolveu dar cambalhota? Foi exatamente isso. Sabe aquele nosso forte elo? Ele se desfez, num polichinelo.

    E é por isso, meu bem, que me perdoe a franqueza, a falta de jeito, mas é que me sinto no direito, com todo o respeito, de abandonar a certeza, o todo, o teu leito, pra reencontrar a fraqueza, o meu rosto, o meu peito. E me acabar de desgosto, beleza e malfeito.

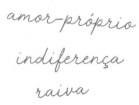

amor-próprio
indiferença
raiva

amor
esperança
solidão

Poeminha
sem dono

Poema sem dono procura quem a ele faça jus. Alguém que mereça deleites e **doçuras**, libertinagens e loucuras. Na penumbra, na claridade ou à **meia-luz**. Os benefícios são vários, mas a modéstia nos impede de listá-los. Adiantamos tão somente que há plano de **felicidade** sem carência, e que sai na frente quem comprova sensibilidade e inteligência. É desejável **talento** para a inspiração. Também se oferece, sem custo, alojamento no coração.

Olha quem veio pra ficar

Ai, melancolia! Quem foi que te convidou pra passar o dia? Veio visitar, mas entrou pra família. Tomou conta da casa, da cama, da pia, mas não cogita sair, não quer levantar, não aceita descer pelo ralo, sempre na mesma melodia. Reclama da falta de sorte, diz que ficou pra titia. Não cede com tapa nem cafuné. Simplesmente não se emenda, não arreda o pé.

Será que algum dia, assim à tardinha, alguém de surpresa não se encanta por ti, não te leva daqui? Me agarro com isso: meu santo, meu mantra, tira essa senhora de mim. Tô até fazendo mandinga. Ela tem uma fome que não se acaba, entorna todas, bebe pinga! São fortunas gastas em energia e supermercado. E o pior é que tenho de ser dissimulado: quando surge um pretendente, não posso dizer "Olha, cuidado, essa dona é delinquente", pois vai que ele desiste, não se aguenta e deixa pra trás a grudenta?

Não sei mais o que fazer. Por conta própria, ela não sai; dar cabo dela ninguém vai. A danada se apegou a mim, encantou-se pelo meu borogodó. Diz que vai comigo até o fim, virei seu plano de aposentadoria. Eu nunca mais fico só, vou ter pra sempre companhia.

melancolia

Um lugar

Desatino, desde menino, que meu medo é um lugar. Nele eu entro, dele eu saio, e o medo continua lá. Pra entrar, as pernas tremem; pra sair, dá arrepio. O ar é frio, rarefeito, pior esconderijo não há. É tudo tão vazio, tão suspeito, que talvez nem tenha jeito de algum dia suportar.

    Meu medo é o perfeito pouso do desassossego; é onde me esqueço da paz. Lá, a razão me arrasa. Os ruídos me arruínam. O sonho me assanha. O frio me afronta. A sede não cede. O mofo amofina. A asma entusiasma. A dor não dorme. E a fome me consome, insone.

    A insônia não me soa bem, mas o medo não se emenda. É ele quem me vela; sentinela. É ele quem me abre a porta ou me tranca.

    São muitas e complicadas fechaduras, mas de todas eu já conheço as chaves, os segredos e as combinações. Não existe mistério, sou eu que sempre retorno e me prendo; não aprendo. Um medo que é somente meu; um medo só: apenas eu.

Novidades no mercado

Despejou na lata sua **angústia** entalada e fez fortuna no mercado vendendo extrato de melancolia **concentrado**. Daí em diante, não parou mais. Desvarios selecionados em conserva, amargura engarrafada, seleta de azedumes, insatisfação defumada. A cada pote, uma **descoberta**. Uma prateleira de desilusões em oferta.

angústia
desilusão
melancolia

Vou, voo e volto

*empatia
inadequação
liberdade*

Eu vi uma andorinha no alto da colina. Trocamos um único e profundo olhar. Então ela voou com toda a força do seu voar de andorinha. E quanto mais ela voou, mais eu gostei dela.

Até que, um dia, eu acordei andorinha. Tinha asas, tinha penas, tinha bico de andorinha! Meus olhos, porém, eram os mesmos olhos humanos de antes. Voltei à colina e, lá no alto, me encontrei olhando para a andorinha, que agora era eu.

Como andorinha com olhos de gente, troquei comigo outro profundo olhar e percebi que, na verdade, ela também era eu! Estava ali, no meu corpo, mas tinha mantido seus olhos de andorinha. De alguma forma inexplicável, a andorinha tinha voado para dentro de mim.

Um sopro

Se você pudesse espiar, ah, se pudesse, bem aqui dentro do meu peito, de pronto saberia que, desde o primeiro momento, eu tenho cá comigo um descompasso. Se é grave, eu não sei. É que sou poeta, não cardiologista. Vai ver o coração trocou de cor, mudou de ritmo ou aumentou de tamanho.

Você pode até tentar, mas eu acho que não é nada que apareça em raios X. Acho que nem a olho nu daria pra perceber algo de diferente. Por fora, ele pode estar negando as aparências, disfarçando as evidências, mas por dentro... Ah, lá dentro do coração aconteceu alguma coisa, eu tenho certeza! Dá pra sentir. É bem entre uma inspiração e outra, sabe como é? Quando eu respiro mais profundamente, parece que escuto assim um barulhinho. Tem

alegria
paixão

horas em que o coração bate mais animado, mas vez ou outra também faz umas paradinhas. E o sangue já não flui como antes, dá sempre um tempinho por ali – espera num canto da avenida, feito recuo de bateria –, curioso pra ver se entende o que se passa.

Olha, pode até ser que eu esteja enganado, mas o mais provável é que eu esteja mesmo desenganado. Tudo indica que o caminho é sem volta, mas ainda assim eu insisto em me perder por ele. E o único remédio que vejo para tamanho descompasso me parece até bastante simples, embora ousado. É justamente acertar o passo: o meu passo com o seu passo. É que caminhando juntos, eu acho, pelo menos eu me perco em boa companhia. E, se o problema for um sopro, no caso, que seja ao menos um sopro de alegria.

Bicho de estimação

Eu tenho uma angústia que me faz sentir vivo. É ela a primeira presença que sinto quando acordo. É ela que se aninha ao meu lado e me faz pensar: "Ai, que bom, não morri".

Minha angústia é um bichinho de estimação que me faz companhia enquanto a mensagem não chega, enquanto o telefone não toca. Ela lambe as minhas mãos enquanto escrevo. Eu a afasto, mas ela volta. Sempre. Fiel.

Eu nunca estou sozinho, estou com ela. Todos os dias, eu a alimento, e ela me retribui com pequenas mordidinhas por dentro.

angústia.

ansiedade
encantamento

Sobre o encanto

A vida é curta, e eu a aprecio tanto, que só aceito perseguir o encanto. Faço isso porque não me prendo, só porque isso me faz contente. Tudo o que tenho é o por enquanto, regalo do tempo-presente.

Nova, cheia, minguante ou crescente: a lua me cobre de encantamento – e é de encanto que me alimento. Assim que anoitece, portanto, me rendo! Vou pra rua, sem rumo, só pra ver a lua!

É esta a verdade nua e crua: não adianta viver desencantado, esperando o futuro, lamentando o passado. Procuro a beleza de cada momento. Essa é a minha profissão; é esse o meu sustento.

liberdade
amor-próprio
encantamento
amor

Grude

Tem companheiro que é tão grudadinho que vira carrapato. Tem carrapato que é tão gostosinho que vira companheiro. Às vezes parece que me perdi no jogo de palavras, mas eu me acho: se o encaixe funciona pra você, seja companheiro ou carrapato, não se aborreça. Deixe que falem. Viva o seu grude e ignore os chatos.

Nossos tímpanos servem justamente pra isso. São membranas finas e semitransparentes que separam a sua inteligência das tolices do mundo. Não entregue de mão beijada o seu martelo, a sua bigorna e o seu estribo a qualquer conversa mole repetida ao pé do ouvido.

Tem amor que é tão gostosinho que a gente quer mesmo é que dure pra sempre. Muitas vezes o nosso amor não parece assim tão perfeito aos olhos dos outros, mas a gente sabe que vale a pena lutar por ele. Só a gente sabe. Amor não se explica, amor se sente.

Cansa muito explicar pro mundo o seu encantamento – e, além disso, é tempo perdido, tempo que não é vivido nas delícias do amor.

Desista de ser aceito e entendido por quem insiste em se fazer de desentendido. Se agarre e se grude pra sempre em quem você é e no que você sente. O resto se acerta.

Morte súbita

Reparto em arte aquilo que sinto e, com sorte, se perde a parte em que minto, no mesmo recorte, num só labirinto.

Numa artimanha de escritor, eu uso um narrador pra contar como se dele fosse a minha dor. Cada parágrafo posto me arranca um sentimento novo e transforma qualquer sofrimento em palavra escrita por outro.

Escrevo desde que me entendo por gente, e só me entendo por gente porque escrevo. É feito história sem fim; confio segredos ao papel pra poder desconfiar de mim.

Tem horas em que me pergunto: cadê a poesia que estava aqui? Vai ver a prosa comeu, e a dramaturgia digeriu. Poesia é sina, dói demais senti-la. Dá angina, arritmia; mas, sem ela, sobra nada, patavina.

Não tem remédio, não. Dramaturgia me ataca o fígado. Prosa me pinça a coluna. E poesia me descompassa o coração.

Mas, se eu parar de escrever, é morte súbita.

dependência
encantamento
paixão

Quadrilha pós-moderna

João curtia os *posts* de Teresa, que cutucava Raimundo, que *stalkeava* as fotos de Maria, que compartilhava os textões de Joaquim, que mandava *nudes* no privado para Lili, que só sabia repassar correntes e reclamar da vida nas redes sociais.

João fez uma transmissão ao vivo da praia em um dia de semana pra fazer inveja nos amigos; Teresa foi bloqueada porque reclamou de censura em sua *timeline*; Raimundo aplicou um filtro no frango à passarinho que comeu no almoço; Maria comemorou a chegada da sexta-feira, sua linda, mas em seguida fez *check-in* no hospital com dor de ouvido; Joaquim deletou o seu perfil porque cansou de discutir política com os bons e velhos colegas de classe; e Lili publicou uma foto fofa de seu gatinho angorá que ainda não tinha entrado na história.

Ninguém alterou seu *status* para um relacionamento sério.

solidão

O amor

Você procura pelo alto, pelo **salto**, pelas festas... E o amor está nas **frestas**, procurando por você.

Pelos ares, pelos mares, pelos bares... Você busca pelo amor em todos os **lugares**.

Ele sabe de você, você nem sabe onde; te espia e te espiona enquanto se **esconde**.

amor

solidão

liberdade
raiva

Petulância

Você sabe que eu sou livre pra te odiar o tanto que eu quiser, não sabe? Você não tem controle nenhum sobre o que eu sinto; inclusive, se eu quiser mentir, eu minto.

Enfim, se isso tiver que fazer mal pra alguém que seja pra mim! Se eu quiser me fazer mal, eu vou fazer, sim. Qual é o problema? Sou eu que mando no meu próprio nariz, no meu fígado, no meu rim.

Mas, se você quiser insistir nesse tema, eu digo e repito, a coisa funciona assim: se além de tudo eu quiser beber enquanto eu te odeio, eu vou encher a cara, eu vou rastejar pelo chão do botequim.

Depois eu me lavo. Eu gasto até o meu último centavo. Se eu quiser me acabar, eu me acabo. E me acabo te odiando. Até o fim.

Colagem

De uma pintura recortada,
arranquei uma farpa colorida
e gostei do **encanto** quase nada,
quase fada, feito lasquinha
colada de vanguarda repartida.
Na experiência enquadrada,
de tinta **escorregadia**, foi-se
um pouco a liberdade em
cada brechinha preenchida.
Mas do **efeito** imediato, com tato,
com vida, restou uma curiosidade
de fato, de impacto, doída.

desilusão
liberdade

dúvida
paciência
tristeza

Perguntas

Quem disse que não pode chorar no **Carnaval**? Quem falou que quem ama não machuca, que quem cuida não sufoca, que quem mostra não esconde?

Quem já sabe não responde.

Quem jura que a distância não aproxima, que o **amor** nunca termina, que paciência também não se ensina? Quem disse que **perdoar** não se aprende? Quem garante que perguntar não ofende?

Quem não duvida não entende.

Saudades futuras

Tenho saudades não sei bem do quê; saudades do que ainda vai ser. Tenho saudades até mesmo dos encontros que deixamos de ter.

Perdi a conta de tantas saudades que nunca puderam acontecer. Saudades de que nem me lembro; outras que só existiram em sonho.

Sinto saudades do que vivi sem você e que espero contigo repetir. Saudades dos beijos, das vontades, dos chicletes divididos, dos lamentos, dos chorinhos bestas, dos sentimentos confundidos, dos sorrisos largos, das intensidades, dos absurdos e das abstinências.

Tudo que planejo ou almejo não passa de um único e secreto desejo: construir saudades. Tudo o que vivo será um dia transformado em recordação; e tudo aquilo que escolho viver não deixa de ser uma tentativa de reencontrar felicidades, reinventar prazeres ou redescobrir emoções que já experimentei de alguma forma.

A busca pela novidade não passa de uma saudade do inédito; é a falta e a necessidade de sentir algo de novo pela primeira vez.

Espero ansiosamente sentir saudades também de você, e é por isso que eu acho que a gente precisa logo se conhecer. Se você quiser, eu te encontro e te conto tudo sobre mim. Prometo uma dose diária de novidades; sementes de memória, saudades futuras a conta-gotas.

saudade

tristeza

A mesma gota

Tudo o que já foi dito se transforma em um chorinho besta. É um choro doído, que, sozinho, se realimenta, chora de novo pra dentro do corpo. Chora de um jeito que parece que só há uma lágrima.

É a mesma gota, que desce pelos canais lacrimais, escorre pelo rosto, encontra os lábios e a língua, mistura-se na saliva e, de alguma maneira desconhecida pela ciência, retorna aos olhos e retoma sua função, eternamente na cadência de lágrima.

Loucura

angústia

inadequação

Fiquei refletindo e multiplicando as ideias nos espelhos do pensamento, até que me dei conta de que talvez eu fosse louco e ninguém soubesse. Corri para o quarto, zeloso do meu segredo.

E se fosse ao contrário? Se soubessem todos da minha alienação, mas faltasse coragem ou sobrasse pena, e ninguém tivesse ousado me contar? Cientificamente compenetrado, olhei-me de frente. Será que existe uma cara de louco? Será que levanto muito as sobrancelhas, será que abro demasiadamente a boca, será que há algo de errado com a minha gargalhada ou o meu choro escondido?

Tenho fresco que percorri os cantos da casa e me espremi atrás das cortinas para ouvir o que não me era dito. Achava que, pelas minhas costas, comentavam as minhas manhas, os meus chiliques, e me rotulavam, alguns cheios de dó, outros sem nenhum: louco.

De meus parentes nunca escutei nada, mas algo me mandava insistir e permanecer à espreita. A verdade haveria de vir, um dia. Até hoje, no entanto, só houve silêncio a respeito da minha loucura, e é isso que me faz considerar cotidianamente a sua existência.

Na minha loucura, fico pensando; fico pensando na minha loucura.

Malhação pesada

Novo treino de força:

- Colocar-se no lugar do outro, 3 séries de 12 repetições;
- Aprender com os próprios erros, o mais rápido que puder, em ritmo cardíaco acelerado;
- Experimentar novas maneiras para atingir um mesmo objetivo, quantas vezes conseguir, com carga máxima, até o esgotamento total.

Alternar com esta série de exercícios personalizados:

- Alongar a paciência (30 segundos);
- Praticar a humildade (8 a 10 repetições);
- Contrair o orgulho (10 a 12 repetições);
- Levantar a autoestima (20 repetições).

Terminado o circuito, retomar o fôlego e repetir todo o processo duas ou três vezes. Finalizar com o maior número de reflexões que conseguir.

Vamos lá? Um, dois, três, quatro...

E bora malhar esse sorriso, que felicidade também é treino.

alegria
esperança
felicidade
paciência

dúvida
inadequação

Mistura

Meu choro se precipitou em risadas de uma dor metamorfoseada em lágrimas de gargalhada. Senti o meu humor transtornado: parecia pavor, mas era engraçado.

De tudo me sobrou o deleite de me saber tragicômico. Um divertido favor do destino. Como se sorrir fosse um movimento involuntário, mas repleto de questionamentos. Um sorriso clandestino: gostoso, mas dolorido. Uma comédia de dúvidas e desatinos.

Itinerário

Há sempre outras formas de buscar a mesma **felicidade**. Mas há também uma felicidade em buscar novas **formas**. Reinventar o caminho é tão ou mais **divertido** que chegar ao próprio **destino**.

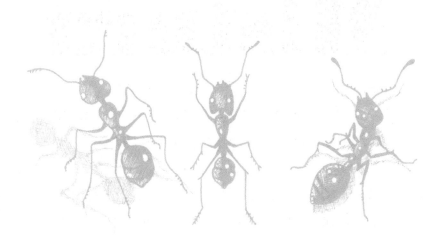

felicidade

Imaginação reprimida

Eu queria dizer tanta coisa que não digo nada. Eu bem queria fazer algo memorável, mas nem me lembro de como começar. O tempo me engole? Não, sou eu quem mastiga o tempo sem nem sentir o gosto. Sou eu quem devora a vida para que ela não me decifre.

Tudo o que preciso fazer é encarar sem medo a folha em branco e deixar que ela me devore, me decifre, me prove e me mastigue.

Da beleza da rotina à mais rasteira poesia, tudo me inspira. E é preciso fazer algo logo com isso, antes que eu me despeça da vida, antes que eu morra de imaginação reprimida.

Para poder criar, não é preciso alvará. Habite-se e habilite-se! Não há nada de concreto que me impeça de inventar. Somente a arte me salvará.

coragem
liberdade

amor
culpa
esperança
mágoa

Um erro

Errar é doído, mas é lindo também. Aquilo que se aprende com um erro fica guardado na memória da pele. E essas marcas doloridas, cicatrizes de aprendizado, de certa forma nos fazem mais bonitos.

Pode não parecer muito nobre dizer isso, mas, se hoje eu sei amar, é porque já errei muito. Não queria ter causado tanto sofrimento, mas sinto que nada foi em vão. É como se cada término, cada deslize ou cada rompimento fosse não mais que uma cuidadosa preparação para amar de novo e ainda mais intensamente.

Amar, confiar e respeitar: é tudo treino. Todo dia. Todo dia. Todo dia.

Chuva solidária

O meu **choro** se expandiu em chuva num raro momento de solidariedade universal. Enquanto a **cidade** alagava, meu peito se desafogava. Era o **céu** que sofria em meu lugar a dor que eu trazia **comigo** e já não sentia mais.

alívio

Rede

solidão
preguiça

Cada um na sua rotina, no seu quadrado, no conforto do seu cantinho particular. Nos perdemos todos uns dos outros, apesar dessa ilusão insistente e contemporânea de conexão.

É hora de criar uma campanha de saúde pública. Troque as suas redes sociais por uma social numa rede. Com direito a cheiro no cangote, balanço com ventinho no rosto e calor humano.

Tem gente que não sai do virtual por pura preguiça. Mas será que existe lugar melhor para a preguiça do que uma rede de verdade?

Mickey dramático

Acordo desarvorado neste mundo de concreto. Tomo pílulas de fantasia para reencontrar o sono. Adormeço petrificado num mundo de bichinhos felpudos e arvorezinhas coloridas.

Tenho pesadelo e desperto de súbito. Tomo mais pílulas. Deliro de novo. Tomo mais pílulas. Os comprimidos já não me fazem nem cosquinha. Desisto da química. A física é claramente superior.

Me aproximo do parapeito. Calculo um movimento uniformemente desvairado. Mas pode ser que eu esteja variando. Pode ser mesmo.

Me lembro então da gaveta. Vou até lá, abro, procuro. Dou risada quando o cabo da tesoura me aparece como duas orelhas de Mickey.

desespero
desilusão
melancolia

Corto os pulsos. Meu sangue animado desfila em protesto contra o final feliz. Mas não basta, a audiência quer mais. A voz do povo me diz que não é suficientemente dramático. Falta fanfarra, é preciso fazer barulho. A voz do povo é a voz de Deus. Fogos de artifício estouram meus miolos para que eu não ouça mais baboseiras.

Extra, extra! Com uma bala colorida, licenciada e doce, Waldisney de Oliveira, desempregado, solteiro e sem filhos, matou-se diante do computador. Sujou de vermelho a tela, o teclado e o mouse. Concluída a perícia: não era um homem, era um rato.

inveja

O samba do vizinho

O Carnaval do vizinho parece sempre mais divertido. A folia alheia não tem bolha no pé nem muvuca no bloco, nem suor ressecado no corpo, nem vontade desesperada de mijar. As fantasias do outro são sempre mais criativas e ainda não fazem nenhum calor. O confete alheio tem mais cores, e a serpentina dá muito mais voltas.

O samba do vizinho é mais belo do que o samba que batuca no meu coração. Mas o samba do vizinho não é mais belo do que o samba que batuca no meu coração porque o samba do vizinho não é o samba que batuca no meu coração.

desilusão

Amor não tem receita

Quem me enganou dizendo que a dor era de **cotovelo**, se a verdade é que dói do dedão do pé à pontinha do **cabelo**?

Quem nunca amou não sabe a dor do **desmazelo**, que vai resfriando o coração, sem chance alguma de **degelo**.

Quem faz de tudo pra agradar, no ritmo do **atropelo**, não sabe que toda a graça está em não seguir nenhum **modelo**.

Quem se descabela, abre o berro e faz **apelo** transforma o que era doce em palpitante **pesadelo**.

Descaminho

Não há caminho sem bifurcação. No desencontro da indecisão, a gente encontra algum sentido e vai. E não dá para saber o que teria sido, se não este, mas o outro caminho nos tivesse convencido.

O descaminho, aquele que não seguimos, tem o ardil de fazer parecer que foi uma besteira enorme não ter caminhado por ele. Surge bem na encruzilhada, vestindo a capa do arrependimento, para dar a impressão de que não tem mais jeito: parece a reta final.

Mas é puro ilusionismo que nos venda os olhos para as escolhas futuras. Há sempre novos caminhos e novas bifurcações.

dúvida
esperança

Calendário

Desejo a todos um **Ano-Novo** repleto de doze meses cheios de semanas de sete dias, sempre com um sábado e um domingo por semana. Que o ano que se inicia nos traga um verão, um **Carnaval**, uma Semana Santa e um Natal. E, para completar as bênçãos, que o ano reserve um dia inteiro de aniversário para cada um de nós.

A vida é agora, não começa no Ano-Novo nem na segunda-feira. **Felicidade** não obedece à folhinha. Cada minuto é um recomeço.

esperança
felicidade

dúvida

Música-
-tema

Tem uma trilha sonora que toca dentro de mim e que só eu escuto. Pode ser romantismo ou esquizofrenia, não importa, mas eu ouço!

A música é bem variada, rica em estilos e combinações de compassos. Tem dias em que a batida parece quase perfeita, como se ressoasse todas as respostas.

Mas alguém menos delirante diria que, talvez, sejam apenas gases. Nada mais óbvio, já que todas as respostas, de fato, não existem.

alegria
amor
esperança

Lírios

O antigo amor me procurou.
Não queria **beijo**, não colecionava
lembranças, veio apenas se
desculpar. Pedir perdão e
anunciar que, como o sol, o amor
se pôs, para **renascer** mais
uma vez no horizonte.

O **novo** amor me trouxe lírios
pra alegrar a casa. E foi só então
que me dei conta de que qualquer
casa em que o **amor** esteja – com
lírios ou sem lírios – será para
sempre **alegre** e lírica.

Tecido sofrido

Não estou só com dor de **cotovelo**.
É o corpo que dói inteiro. É o ciúme
que se desenrola feito um **novelo** e,
aos poucos, a **esmo**, me transforma
numa múmia de mim mesmo!

    É uma dor de lã, bem felpuda, a cada
manhã mais aguda. Uma dor de veludo,
de **pelúcia**, que primeiro cobre tudo
com minúcia, mas depois se desprende
em um bilhão de **fiapos**.

    O ciúme é uma trama que se esgarça
em trapos. Forma uma **nuvem**
de filamentos no ar. Um tecido **sofrido**
que sufoca ao respirar.

ciúme

Intermédio

Tudo o que eu queria era **chegar** em casa e trancar bem a porta pra poder **chorar** em segurança.

Tudo o que eu queria era botar a **música** no último volume e comemorar a minha alegria numa **festa** de arromba.

Nem uma coisa nem outra, não é preciso **escolher**. A vida é algo que acontece entre os extremos, em meio a tudo isso, enquanto a gente **tranca** a porta, enquanto a gente **aumenta** o volume.

alegria
harmonia
tristeza

amor
desilusão

Gênio

Amar é como ter aulas com um gênio, um professor de conhecimento **infinito**. A oportunidade de **compreender** o mistério está ali na sua frente, mas você nem sempre está pronto para formular as **perguntas** certas e muito menos para entender todas as **respostas**.

Certezas são defesas que inventamos para nos proteger dos nossos medos. São ficções nada científicas, ilusões de segurança. Certezas são muitas, porque nenhuma; a incerteza é uma só, indivisível, avassaladora. A incerteza não tem fundo, nunca termina – é como a solidão, que sempre vence no fim. Certezas são versáteis, infiéis, mercenárias. Já a incerteza, ah, essa nunca te larga, nunca te abandona! Tenha ela o pseudônimo que queira: morte, espera, falta. Não há nada mais corajoso e produtivo do que enfrentar essa indefinição. É lindo quando alguém assume

Certas dúvidas

que treme diante do incerto, quando confessa que duvida, que teme ou que sente pavor, e ainda assim não se esconde por trás de um conceito. Eu duvido de todos os conceitos. Duvido principalmente dos que dizem ter respostas pra tudo, velhos ou novos, líderes ou liderados, dos que se dizem invencíveis, infalíveis, sempre seguros de seus alicerces. Quero amores que duvidem de si mesmos, todos os dias, de tarde, de noite, de madrugada e também de manhãzinha, a ponto de precisarem refazer, várias vezes ao dia, as suas mais profundas alianças. Só pode ser eterno o amor que duvida da sua própria eternidade.

amor
desprendimento
dúvida
medo
solidão

ansiedade
saudade

Percurso de volta

Eu só quero chegar. Querer ir embora mesmo eu não queria, mas, já que tenho que ir, que seja logo. E que chegue rápido ao meu destino, sem tantas paradas nem tantas conversas. Sem calores e sem farelos de biscoito de polvilho. Sem ar-condicionado congelante nem barulhinho frenético de saco plástico. Sem muitos sacolejos. Sem bebês chorando nem acidentes de percurso. Em contrapartida, por favor, faço questão daquele ventinho grátis quando a gente coloca a cara pra fora da janela durante o caminho. É uma ótima maneira de estragar o penteado, mas também de revisitar a infância.

Odores

De que serve a verdade quando o outro não acredita? Quando a **desconfiança** se instala, a sinceridade perde os sentidos. Torna-se insípida, incolor e inodora. Permanece **invisível** mesmo quando se esforça para ser notada. Quem desconfia de tudo perde a capacidade de distinguir o que é **sincero**, pois tudo lhe parece sempre turvo, sem gosto e sem vida. Mal sabe aquele que tudo fareja e que de tudo **desconfia** que são suas próprias narinas que estão apodrecidas: são elas que fazem sentir no doce o amargo **perfume** da mentira.

dependência

ciúme

amor
ansiedade
medo

Fica calma, mamãe

Fica calma, mamãe. Não é angústia, é poesia. Não é sofrimento, é inspiração. Eu sei que a senhora não acredita, mas eu sou feliz. Não tem colo que resolva, não adianta, não. O jeito é enfrentar o espelho em branco do papel. É preciso escrever até o sono vir, até sair de dentro tudo o que tem pra sair. É um gesto simples como assoar o nariz, sem nenhuma nobreza nem gravidade.

Não se preocupa, mamãe. Nos tempos de antigamente, o mundo era mais romântico, e essa era uma doença terminal. O cidadão ficava desenganado mesmo. Hoje em dia, embora ainda não exista a cura, já dá pra viver assim até ficar bem velhinho. Já faz um tempo que eu sei, sim. É literatura crônica. O nome assusta um pouco, fazer o quê.

Não, mamãe, eu ainda não tentei aquela sessão de descarrego que a senhora falou. É que tenho muitíssimo medo de que, se isso sair de mim, eu já não seja eu. A senhora não tem medo de barata? Não tem aflição quando botam o dedo no seu umbigo? Pois é, esse é o meu umbigo, essa é a minha barata. Eu tenho medo do dia em que eu deixar de escrever. Acho que esse é o meu jeito de ter medo da morte ou de escapar da loucura.

Não, mamãe, eu não vou me matar. Eu não pretendo morrer por agora, eu juro. E a senhora também precisa estar forte pra continuar a ler as besteiras que eu escrevo, está bem? Promete? Ah, então está combinado. Estamos entendidos naquilo em que nos desentendemos. Mas a gente se ama muito, não é mesmo?

Ressonado

O silêncio do seu sono é o sentido imenso da minha solidão. Enquanto você dorme, vou remoendo sozinho a minha aflição, trincando os dentes sem também fazer barulho. Problema meu se não durmo, o fato de eu não dormir não me dá o direito de te acordar. Eu queria tanto que você roncasse – ou que ao menos ronronasse – para que eu me sentisse menos só. Talvez o ruído roncado e ritmado me pudesse embalar o sono, como se, em vez de contar carneiros, eu contasse roncos e assim dormisse, enfim. Mas não. Você não ronca mais, não chia, não pia nem um pio sequer. E eu só queria algum tipo de barulhinho doce – e seu – para espantar o pavor de dormir sozinho na cama em que você roncou um dia.

medo
saudade
solidão

ansiedade

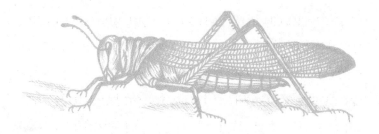

Pra que tanta pressa?

Pra que tanta pressa? É só pro prazer acabar depressa? Se ainda há tanto a viver, a aprender, a saber, a conhecer, a ler, a escrever, a percorrer, a amanhecer e a anoitecer, a beber pra esquecer, a comer, a perceber, a escolher, a entender e a compreender, a combater, a vencer e a envelhecer... Ah... Se ainda há tanto a fazer, pra que tanta pressa? É só pro prazer acabar depressa? É tanta aflição, é tanta correria, é tanto apuro pra dar conta de tudo, que falta tempo pro prazer acontecer! Pra que ser feliz só com hora marcada? Querendo ou não, um dia, do nada, toda forma de prazer vai morrer. Mais cedo ou mais tarde, mesmo contra a nossa vontade, até a mais intensa felicidade... cessa. Então pra que tanta pressa?

coragem
esperança

Oração verbal

Que achar seja mais um encontro que uma imprecisão. Que ser bravo seja desbravar, não esbravejar. Que se contentar não seja se conformar, mas ficar contente.

Que provar seja experimentar, e não exibir conhecimento. Que partir não seja se distanciar, mas compartilhar. Que deixar seja permitir, não abandonar.

Que bater seja um verbo conjugado apenas pelo coração. Que pra se manter vivo seja mais importante inspirar que respirar. Que aproveitar a vida não seja desculpa pra se aproveitar de alguém.

Que ficar velho não seja envelhecer, mas velejar. Que viver seja um simples ato de intensidade. E que amar seja sempre vital e inevitável.

Quem sabe

Quem sabe um dia o despreparado descobre a importância de estar sempre pronto para aproveitar cada pequeno instante.

Quem sabe um dia o desenganado decide passar a perna na tristeza e apostar de uma vez por todas na felicidade.

Quem sabe um dia o desentendido resolve entender que o importante mesmo não é entender, é sentir. Tudo faz sentido quando se sente.

Nesse dia, quem sabe, o amor acontece.

amor
esperança

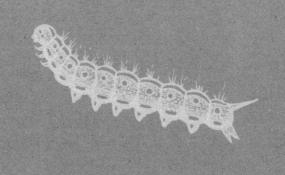

Índice

alegria *19. 56-57. 73. 88. 90*

alívio *31. 78*

amor *13. 14-15. 16. 21. 23. 24-25. 26. 29. 34. 50. 60. 64. 77. 88. 91. 93. 96-97. 101*

amor-próprio *49. 60*

angústia *37. 43. 54. 58. 70-71*

ansiedade *33. 36. 38-39. 45. 59. 94. 96-97. 99*

ciúme *89. 95*

coragem *76. 100*

culpa *37. 97*

cumplicidade *23. 29*

dependência *28. 61. 95*

desejo *18. 28. 40*

desespero *30. 37. 46-47. 80-81*

desilusão *46-47. 54. 66. 80-81. 84. 91*

desprendimento *14-15. 93*

dúvida *41. 67. 74. 85. 87. 93*

empatia *21. 55*

encantamento *16. 29. 59. 60. 61*

esperança *24-25. 55. 73. 77. 85. 86. 88. 100. 101*

felicidade *19. 20. 73. 75. 86*

harmonia *17. 20. 90*

inadequação *35. 36. 37. 41. 55. 70-71. 94*

indiferença *49*

inveja *83*

liberdade *13. 35. 40. 44. 45. 55. 60. 65. 66. 76*

mágoa *43. 46-47. 77*

medo *18. 27. 36. 44. 53. 93. 96-97. 98*

melancolia *27. 51. 54. 80-81*

paciência *34. 67. 73*

paixão *28. 30. 56-57. 61*

preguiça *79*

raiva *49. 65*

saudade *46-47. 48. 68. 94. 98*

solidão *26. 27. 50. 53. 63. 64. 79. 93. 98*

tristeza *19. 44. 67. 69. 90*

O autor

Bruno Lima Penido tem o coração repartido em quatro pedaços: mineiro, paulistano, "porteño" e carioca. Nasceu em Belo Horizonte, foi repórter da *Folha* em São Paulo, correspondente em Buenos Aires e agora é roteirista da TV Globo no Rio. Foi autor colaborador de Walcyr Carrasco e Maria Elisa Berredo em *Verdades Secretas* (2015), telenovela vencedora do Emmy Internacional. Escreveu o seriado *A Cara do Pai* (2016–2017), com Daniel Adjafre, e *Malhação – Viva a Diferença* (2017–2018), com Cao Hamburger. Também passou pelas redações do *Vídeo Show* e do canal de notícias Globo News.